Cómo Activar tu Sensualidad

PERLA GIZEM

ISBN-13: 978-1974068746
ISBN-10: 1974068749

DEDICATORIA

A todas aquellas personas que
disfrutan de la lectura y saben que es
un medio de entretenimiento
embriagante.

CONTENTS

RECONOCIMIENTOS

A mis seres amados, que me apoyan en cada proyecto sin reparos y que su cariño es infinito. Especialmente a los profesionales en conducta humana que brindaron herramientas basadas en su conocimiento y experiencia

1 INTRODUCCIÓN

¿Sueles pensar que tu vida transcurre en una terrible monotonía?

Es bastante común que las personas transiten por la vida sin obtener ningún tipo de satisfacción. A veces esto se le atribuye a carencias de índole económica, pero si nos fijamos bien a nuestro alrededor, muchas personas que poseen menos bienes materiales que nosotros parecen estar pasándola mejor.

Fotos de la adolescencia o la infancia publicadas en las redes sociales, intentan confirmarle al mundo cuan bellos fuimos en el pasado, cuan felices estábamos y lo bien que vivíamos. Mientras que en el presente posamos ante la cámara con una falsa sonrisa que aspira a mostrar que hemos alcanzado el éxito, mientras que en nuestro interior no tenemos sino inconformidad.

Situaciones de la vida diaria nos hacen enfrentarnos a más desazón, pues aún si trabajamos y luchamos, somos buenas personas, damos lo mejor de nosotros mismos, los resultados no parecen ser favorables.

En el ámbito sentimental, estamos lejos de alcanzar lo que deseamos. Conocemos personas que tienen una larga lista de pretendientes, a pesar de estar casadas, mientras que la soledad es nuestra compañía permanente. En algunos casos ocurre que a pesar de estar en una pareja, nos sentimos solos.

Tu puedes decidir si quieres que tu vida continúe de esa manera, sin pena ni glorias. Pero también puedes escoger potenciar los dones que te ha dado la naturaleza para poder vivir una vida plena.

A lo largo de las siguientes páginas hablaremos de la sensualidad, un tema que se suele asociarse al sexo pero que va mucho más allá de ello.

Mediante la sensualidad podremos activar nuevas formas de relación con nuestro yo interior, espiritual, íntimo; lo cual nos va a conducir a comprender mejor el mundo que nos rodea y por consecuencia podremos gestionar mejor nuestra relación con los otros.

Despierta tu sensualidad y deja de ser siempre la quinta rueda, toma las riendas de tu vida profesional, vive en el presente y por encima de cualquier cosa sé feliz.

El poder que estoy por enseñarte tiene la facultad de promover que dejes de aparentar que todo está bien, para que en realidad las cosas comiencen a estarlo. Si deseas acumular riqueza lo lograrás, pero si lo que requieres es tener una mejor calidad de vida, una pareja u otra demanda de cualquier índole; aplica los conocimientos que a continuación te ofrecemos y verás cómo tu vida va a cambiar.

2 ADVERTENCIAS

Antes de comenzar, quiero hacer varias aclaraciones relacionadas a la redacción de este escrito:

1) Por aquello de simplificar y ser consistente en la redacción, este artículo está dirigido a mujeres solteras. Sin embargo, lo que aquí se discute puede ser utilizado para cualquier género, preferencia, estatus social, creencias y estado civil.

2) Se utilizan adjetivos para describir personas y situaciones, que pueden ser vistos como despectivos. La intención no es ofender al lector. Quiero que el mensaje sea realista y crudo, eso implica expresar comentarios que se hacen y se piensan, pero rara vez se plasman por escrito. Mi objetivo no es enseñar buena redacción o cómo ser políticamente correcto.

3) Recomiendo tener mente abierta y darse la oportunidad de reconocer

que es posible mejorar. No estoy hablando de ser otra persona, sino de ser una mejor versión de ti misma. Obtendrás mucha satisfacción una vez que identifiques lo que debes mejorar y trabajes para lograrlo.

4) El contenido es conciso y su propósito es que quienes lo lean puedan aplicar lo que en estas líneas se propone.

5) Los saberes aquí manifiestos son el resultado de investigaciones exhaustivas y procesos de recopilación de información aplicados a personas de todo tipo de perfil y llevados a cabo con la participación de profesionales de la conducta humana

6) Promovemos la aplicación de los consejos tradicionales como el refuerzo de la autoconfianza, sentirse bien contigo misma, amarte, cuidarte, arreglarte más y todo aquello que implique el reforzamiento de la personalidad, el amor propio y la autoestima. Estos

son parte de la fórmula pero requieren de otros ingredientes para ser activados.

3 INTROSPECCIÓN

Para muchas personas resulta incómodo disfrutar de su cuerpo, por lo tanto tienen una relación distante con su sensualidad lo que representa una barrera en algunos aspectos de su relación consigo mismas y con el entorno.

Este no es un asunto que se limite a la consecución de una pareja, de hecho muchas personas tienen relaciones de pareja fundamentadas en sus capacidades intelectuales, en sus atributos sociales y familiares; empero, no logran encender la pasión en otros.

Una vieja canción, recientemente popularizada por Diego "El Cigala", llamada "Corazón Loco" nos sitúa frente a la infidelidad. Un viejo amigo demanda conocer "cómo se pueden amar dos mujeres a la vez". La respuesta no sorprende: "Una es el amor sagrado, compañera de mi vida, esposa y madre a la vez. La otra es el amor prohibido, complemento de mis ansias al que no renunciaré …".

Esta es una diatriba muy antigua sobre la infidelidad, el hombre que ha contraído nupcias con una buena mujer, buena para ser su esposa, pero que no consigue en ella la pasión. Pareciera que tener valores familiares y principios se encuentra en el bando opuesto a la posibilidad de ser una mujer apasionada, que disfruta y conlleva a su pareja al disfrute pleno tanto de la sexualidad, como del tiempo juntos. Esto no es así. Una mujer sensual, que sabe disfrutar de su cuerpo y que está en la capacidad de hacer de cada experiencia vivida la mejor de su vida, es una persona positiva, segura de sí misma y tiene por ende la cualidad de ser una buena compañera , madre, esposa y amante si eso es lo que desea.

Así como la sociedad ha avanzado hacia el reconocimiento de la mujer como una de sus partes activas, también se reconoce que los valores familiares no están divorciados del goce y disfrute no sólo del cuerpo, sino de cualquier experiencia; incluidas la maternidad, el cuidado del hogar, el trabajo profesional y cada uno de los aspectos que componen el día a día de cualquier persona. Por el contrario están fuertemente unidos.

Una persona que está en la capacidad de disfrutar de sí misma y de todas las actividades que emprende tendrá el poder de llevar adelante un hogar feliz; sin embargo, una mujer que ha sido seleccionada para convertirse en una madre cuidadora, pues no parece tener ningún atributo más que ser una buena persona, seguramente no estará satisfecha con esa posición, por lo tanto no va a lograr ser feliz, ni aportar esa energía a ningún aspecto de su vida.

En pocas palabras, tú puedes conseguir pareja, pero quizás porque la persona entendió que eres un buen ser humano y alguien que será buena madre y compañera. Mientras que otras mujeres logran armonizar sus fortalezas como personas en el hogar, con el disfrute de la vida en pareja (tanto en lo erótico, como en la dinámica de compartir el tiempo juntos).

¿Sientes que estás siendo catalogada como material para ama de casa? No te amilanes, apórtale a tu vida los ingredientes que faltan para que, no sólo te consideren una buena mujer, sino que emanes todas las maravillas que hay en ti para compartir con tu compañero.

Para aquellas que están pensando: "la belleza y el buen cuerpo se van con el tiempo", les aclaro que no estoy hablando de lo físico, este no es un libro de consejos de belleza, ni tampoco de *fitness*. Esto es más profundo, es una atracción que no se puede definir.

En las siguientes líneas quiero mostrarte un mundo lleno de nuevas experiencias, un universo que ha sido puesto en tus manos desde que naciste y al que seguramente le has dado la espalda basada en prejuicios, miedos y otros sentimientos de baja categoría que te han robado la capacidad de ser feliz.

Aunque hablaremos bastante del tema de pareja, la intención es llevarte a través de un proceso en el cual puedas descubrir las potencialidades de la sensualidad y que a través de ella puedas reconciliarte con el mundo que te rodea, de modo que tengas la seguridad, el aplomo y la valentía de emprender nuevas experiencias, en cualquier ámbito de tu vida, pero protagónicamente en lo que al amor respecta.

La sensualidad es un enfoque de relación con el mundo físico, a través de la estimulación de los sentidos. Disfrutar cada onza de tu helado favorito mientras miras el campo en un día soleado puede ser tan sensual como hacer el amor con tu alma gemela. Es un estado de placer sensorial, que nos permite estimular nuestra mente positivamente y por ende nos puede conducir al éxito y a la felicidad.

Aunque se haya vinculado su accionar únicamente al placer erótico, la sensualidad no está relacionada exclusivamente con ello; ser sensual es una capacidad que todos tenemos y cuyo desarrollo nos permite relacionarnos de forma positiva con nuestro ser individual y proyectar mejor nuestro ser social. Esto tributa al bienestar sexual, pero también a fortalecer nuestra autoestima y nos permite gestionar de manera más eficiente los medios a través de los cuales establecemos nuestras relaciones personales tanto en lo afectivo como en lo profesional.

La desconexión de los seres humanos con sus instintos más primitivos se ha arraigado en las personas a partir de varios medios, uno de los más importantes es la sustitución de la voluntad propia mediante la implementación de instrumentos que la sustituyen. En otras palabras, la implantación de la realidad mediatizada. ¿Qué significa esto? Los avances tecnológicos en materia de comunicación colocan a nuestra disposición mecanismos que nos explican qué queremos, cómo y cuándo lo queremos; cómo debemos vernos, cuáles deben ser nuestros intereses y cuáles deben ser las fuentes de las cuales obtenemos el placer, la felicidad, el amor.

Esto se hace patente sobre todo en la publicidad, pero cada día de manera más directa en la programación televisiva y en Internet, así como también en libros y revistas.

Los segmentos televisivos nos invitan a ser felices comiendo en determinados lugares, desarrollando actividades específicas, mientras que ciertas publicaciones nos dicen cuáles olores, sabores y colores deben gustarnos; a esto le llamamos moda y la seguimos muchas veces sin tener en cuenta lo que realmente sentimos. Guiadas por estos "consejos" terminamos ataviadas con ropa que no nos queda bien e inmersas en situaciones en las que no estamos del todo cómodas.

Esta actitud puede conducirnos a gastar más dinero del necesario, a la obesidad, al fracaso y sobre todo a la infelicidad.

Sin embargo, estar leyendo estas líneas implica que has decidido dejar atrás viejos hábitos que te separan de la posibilidad de brillar desde tu interior, para que puedas alcanzar las metas que te propongas, desarrollar mejores relaciones humanas y por supuesto mejorar tu vida amorosa.

Sensualidad y éxito

Cuando se describe a una persona exitosa, se suele hablar de alguien que ocupa un alto cargo o que ha logrado acumular mucha riqueza monetaria. Desde esa perspectiva, el éxito es un tema relacionado con el dinero y el poder. También suele definirse el éxito como el alcance de un objetivo, por ejemplo, el matrimonio o la maternidad. Por oposición a ello, las mujeres que no se casan o se divorcian son unas fracasadas.

En este punto, algunas mujeres pudieran decir que son profesionales, madres y/o esposas, pero a pesar de ello no se sienten plenas, satisfechas, es decir; no sienten que realmente han alcanzado el éxito. Posiblemente ocurra que, en el ámbito profesional, sientan que sus esfuerzos no rinden suficientes frutos. No importa cuántas horas le dediquen a trabajar y a obtener buenos resultados, están estancadas en el mismo lugar, mientras que otras personas parecen tener el mundo en sus manos.

En el aspecto personal, es posible que estés casada y tengas hermosos hijos, pero tu matrimonio es aburrido, monótono.

Esto tiene que ver con que las metas que has logrado y en general la mayoría de las metas que consideramos formas de éxito, son impuestas por otros. Son el resultado del constructo social, en el que actores como la familia, la religión, la academia y hasta la televisión nos indican lo que nos hace felices. A partir de ello caminamos por un sendero trazado por otros.

Cuando decidimos cambiar el rumbo de nuestras vidas para aumentar nuestra capacidad de empatizar con el mundo que nos rodea, enfrentamos nuestras creencias antiguas. Esto no está relacionado con el tema religioso, está vinculado con lo que nosotras creemos que es el deber ser. Se trata de descubrir lo que queremos hacer, ser y lograr.

Por otra parte, la mayoría de las personas pasa sus días esperando que llegue el momento en que puedan "vivir la vida". Un buen día se despiertan y la vida ha pasado, mientras que aún se encuentran esperando para vivir.

Para muchos, vivir es finalmente tener el dinero y el tiempo suficientes para echarse en una playa paradisíaca, sin tener obligaciones y por supuesto en compañía de personas bellas a su servicio. Otros lo ven de forma diferente, trabajan todo el año para luego disfrutar de unas merecidas vacaciones que, con suerte, pueden durar un mes en el que se dan "la gran vida". Pero y qué ocurre con el resto del año ¿son acaso once meses en los que no se ha vivido? Al parecer no, pero el tiempo no pasa en vano y seguimos envejeciendo sin lograr sentir que estamos a plenitud.

Ismael Cala propone que "el éxito es un camino, no un destino". De modo que, el éxito consiste en vivir satisfechos por lo que hacemos, sin esperar a que se cumpla alguna premisa para ello. Es aquí en donde la sensualidad juega un papel protagónico, debido a que no existe manera de disfrutar lo que hacemos si no estamos conectados con nuestros sentidos.

Ser sensual es tener nuestros sentidos activos en atención al momento presente, de modo que podamos tener una perspectiva sensorial sobre el entorno que nos rodea y así podamos disfrutar de lo que sentimos. Esto implica que tengamos una conexión con nuestro cuerpo y que además de ello reconozcamos cómo funciona nuestra mente y cuáles son los mecanismos que se activan para mantener nuestra atención fuera de nosotros mismos.

Mientras somos niños nos encontramos maravillados del mundo que nos rodea, basta ver a un bebé para comprender lo que es la fascinación. Un bebé reconoce el olor de su madre, identifica las voces de las personas que conoce, se jala el cabello para reconocer esa textura y así conocer el dolor, saborea cada bocado y se asombra frente a cada cosa nueva.

Con el paso del tiempo, las personas vamos perdiendo nuestra capacidad de maravillarnos, nos hacemos inmunes a las señales que emana nuestro cuerpo. Nos hemos dedicado a creer que debemos racionalizar todo, pero en la realidad no aplicamos nuestro propio razonamiento, sino el de otro.

Entonces, esto nos imposibilita el recorrido hacia nuestra felicidad pues el camino del éxito está signado por dos elementos fundamentales: Vivir en el presente e identificar nuestra vocación, lo cual tiene carácter individual.

Viviendo el presente

Debemos comprender que el camino es vivir de manera exitosa y no alcanzar el éxito. Esto significa simplemente que no debemos colocar nuestras expectativas en algo lejano que se debe esperar o perseguir. El éxito es algo que se debe vivir. ¿Cómo hacerlo? Lo principal es identificar qué nos genera satisfacción, qué nos gusta hacer, cuál es nuestra vocación. A pesar de que esto parece muy fácil es un proceso complicado porque, como bien hemos dicho antes, hemos sido programados para inclinarnos hacia el deber ser y no hacia ser lo que quiero.

Los sentimientos experimentados ahora, en el presente, son la sensación más maravillosa de la que puedes ser parte y te permiten vivir la trayectoria del momento en sí mismo. Podrías pensar que algo ocurrió en el pasado, pero en vez de eso, nunca te has parado a pensar que lo estás aliviando en un solo momento presente.

Cuando no estamos ocupados en algo, nuestra mente tiende a entrar en un estado de divagación, en el que transita entre lo que ha sucedido en el pasado y la incertidumbre de lo que ocurrirá en el futuro. Ambos son estados generadores de ansiedad, por lo tanto las personas deciden enfocar su atención en sus *gadgets*. Así, para evitar recordar el ridículo que hiciste en la fiesta de tu mejor amiga de la infancia, te pasas horas en Instagram viendo fotografías de personas disfrutando de una tarde en el parque, entonces decides hacer lo propio y capturas un *selfie* en el que aspiras proyectar lo que quisieras estar sintiendo, mientras que el mundo sigue girando a tu alrededor: las aves vuelan, el viento sopla, el cielo cambia de color y todo ocurre a tus espaldas porque tienes la nuca inclinada hacia el teléfono celular.

A pesar de que hemos sido dotados con cinco poderosos sentidos, los seres humanos, hemos involucionado en el aprovechamiento de estos. Las dinámicas y artefactos desarrollados para "facilitar" nuestras vidas han anulado nuestra capacidad de sentir, ver, oír, oler y degustar. Nuestra sensualidad ha sido atrofiada por nuestras inhibiciones afectivas

Entonces, identificar lo que nos hace sentir bien comienza despertando tus sentidos de modo que tu corazón y tu cuerpo puedan abrirse plenamente y experimenten la plenitud de la vida. Recuerda que no se trata de llegar a ninguna parte, sino de hacer el camino lo más largo y placentero posible. Lo más importante es dar el primer paso, despertar.

¿Te ha pasado que dejas la olla encendida y no te das cuenta de que se ha quemado la comida hasta que ya se ha desintegrado el contenido? A pesar de que el ambiente estaba saturado con el olor a quemado, tu cerebro descarta esas señales para dar más importancia a otras cosas, de modo que aunque percibes el olor no lo identificas como una señal de alerta, no reaccionas inmediatamente.

Cómo puedes sentir placer por lo que haces si tus sentidos son ignorados por tu mente. Al decir esto quizá no estés de acuerdo conmigo, porque normalmente utilizas al menos tu sentido de la vista y del oído. Pero ¿en realidad los empleas de manera óptima? ¿Les permites comunicar toda la información que ellos pueden darte? La respuesta es no. Muchas cosas ocurren frente a tus ojos y no las ves.

Al despertar nuestra sensualidad reconectamos nuestro cuerpo con nuestra mente, generamos vínculos que nos permitirán tener un mayor rango de percepción de lo que ocurre a nuestro alrededor y sobre todo lo que nos agrada.

Una vez que decidimos despertar nuestros sentidos y nos reconectamos con nuestro ser podemos mantenernos atentos al presente, pues nos deleitaremos en el disfrute de lo que sucede a cada momento de nuestras vidas.

Descubre lo que quieres a través de la sensualidad

Hagamos el siguiente ejercicio, por favor sigue las instrucciones sin adelantarte.

- Haz una lista de todo lo que

hiciste el día de hoy desde el momento en que te despertaste, trata de ser lo más específica posible.

- Registra cada acción del lado izquierdo de la página en una lista vertical, dejando el lado derecho libre.

- Tómate el tiempo necesario para leerlas.

- Revisa cada una de las actividades, pregúntate cuál fue la causa por la que la llevaste a cabo y qué obtuviste al final de cada una.

En este punto puedes darte cuenta de cuán satisfactoria es tu vida. Si has respondido muchas veces que la causa por la que llevas adelante tus acciones es por placer y que como resultado has obtenido satisfacción, entonces estás en buen camino. Pero si tus respuestas son más bien del tipo: "para llegar al trabajo temprano", "para ganar dinero" seguramente no estás transitando por el sendero de la felicidad.

Es un mito que el trabajo debe ser únicamente un medio generador de dinero, también puede ser un promotor de placer, de satisfacción y de plenitud. Todas las acciones que emprendemos deben estar orientadas a ser propiciatorias de nuestro bienestar emocional y por supuesto de felicidad. Una vez que hayamos escogido el camino que deseamos recorrer, debemos establecer cómo queremos recorrerlo. Para ello es necesario que reconozcamos que somos seres con la capacidad de motorizar nuestro éxito, es decir que somos protagonistas de nuestra vida.

He escuchado a muchas personas decir que no han tenido suerte en la vida y a otras concluir que la vida es un proceso doloroso que debemos llevar a cuestas para poder ser felices en un plano posterior. Sin ánimo de adentrarme en asuntos de carácter religioso, quiero pedirte que hagas un pequeño examen de las características del ser humano, de los dones que nos han sido otorgados por la naturaleza (o por la fuerza divina a la que cada quien puede dar el nombre que prefiera).

Crees acaso que si estuviéramos hechos para sufrir tendríamos la capacidad de emocionarnos al ver a nuestros seres amados, para qué nos habría sido entregada la capacidad de sentir placer y alegría si nuestro destino inexorable es el sufrimiento. La realidad es que estamos diseñados para ser felices y plenos, de eso no te quepa la menor duda.

La ajetreada vida moderna nos ha colocado en una suerte de piloto automático, que nos impide disfrutar de lo que perciben nuestros sentidos, por lo tanto se genera una distancia entre lo que hacemos y lo que esas acciones nos hacen sentir, a eso le restamos importancia; actuamos movidas por la necesidad, por la obligación y no dedicamos tiempo a pensar lo que queremos hacer realmente.

Una vez que despiertas tu sensualidad y estás en conexión completa con cada parte de tu cuerpo, puedes conocer cuáles son los estímulos que para ti son generadores de placer. En principio pueden ser aquellas cosas con las que tienes contacto directo, pero luego verás que tus sentidos pueden ser estimulados mediante acciones y situaciones de diversas índoles. En este punto podrás hacer un examen introspectivo que te permitirá conocer qué es lo que deseas hacer para vivir, cómo deseas vivir, qué personas quieres que participen de tu vida y la mejor manera de gestionar las acciones a emprender para ir recorriendo el camino del éxito.

Sensualidad y pareja

Existen muchas personas que suelen hablar constantemente de lo buenas que son sus parejas, pero lamentablemente muchos lo hacen para tratar de convencerse a sí mismos de que hicieron una buena elección. Aquí entra el debate de todos los tiempos: de qué es mejor, ¿casarte con el que te gusta pero no es bueno o casarte con alguien bueno y obligarte a que te guste? Tema que no voy a discutir aquí, tampoco discutiré sobre el problema que algunos tienen: su pareja es buena pero no ardiente. Lo que me interesa y en lo que me voy a enfocar es en la otra parte, en esa persona que no despierta pasiones, en esa que no consigue pareja, para que al fin lo logre, y no solo porque es trabajadora y buena persona. "¡Ah!, pero es que yo no soy de esa clase de persona. A mí no me miran con lástima. No soy una boba, no tengo cara de tonta, mi problema no es que no sé cómo levantar la mirada de un hombre. Entonces, este artículo no está dirigido para mí".

Si eso piensas, te pido que tengas paciencia. Permíteme continuar la ruta para llegar al fondo del asunto.

Pregunto, ¿no te ha pasado que conoces esa persona, que no tiene los atributos que exiges en tu larga lista, pero que por alguna razón desconocida pasaste la noche pensando en él? Por otro lado, debe haberte pasado lo contrario. ¿Alguna vez te han presentado a un chico con muchas cualidades buenas, (guapo, con un buen trabajo) pero ni aunque te paguen serías su pareja? No sabes la razón, sólo sabes que no sientes esa atracción, ese algo que nadie sabe describir con precisión. Y no es que no haya química, a veces la hay, pero falta algo más. Lo miras y dices: sería tremendo amigo, pero no te imaginas trepada encima de él, o viceversa, o besándose apasionadamente. Eso puede cambiar con el tiempo, pero no sucedió en el momento. ¿Te ha sucedido? ¡Claro, todo el tiempo!

Esto ocurre porque hay una barrera. Pero, ¿no te has puesto a pensar que lo mismo te está ocurriendo a ti? Sí, a ti misma. Puedes ser bella, inteligente, agradable, vestirte de forma espectacular, incluso ser coqueta, pero no provocas esa intriga y misterio que son adictivos. Tienes una barrera invisible pero que, afortunadamente, no es invencible.

Esta auto evaluación es muy importante, porque tendemos a concentrarnos en lo que es externo a nosotras, pero jamás en nosotras mismas. Decimos: "tiene cara de bobo"; "es muy serio"; "no me inspira pasión"; "para nada es divertido"; "es demasiado nene bueno", y la lista continúa. Pero jamás te pasa por la mente que puedes parecer igual. Fíjate en lo que escribí: "puedes parecer", no escribí que lo seas. Puedes ser la persona más divertida, pero no lo proyectas. A ellos les sucede lo mismo.

¿Cuál es el ingrediente que falta? Muy simple, hacer que otros sientan pasión por nosotros a través de la sensualidad. No, no es nada nuevo. Lo sé. Pero el abordaje que haremos sobre este tema sí representa una novedad. En principio quiero demostrarte que, a pesar de lo que crees, no eres sensual; por lo menos no en la medida que lo crees. Mientras que para aquellas mujeres que creen que sensual y erótico son la misma cosa, tengo un mensaje que les permitirá comprender que la sensualidad va mucho más allá de ello.

Ejercicio 1:

Busca en las redes sociales fotos en las que salgas al natural, sin posar. Esas imágenes en las que te toman desprevenida y apareces sin saber que te estaban fotografiando.

Por lo general las encontrarás en el álbum de un amigo o familiar, y estás en una esquina, mirando a lo lejos. Si es un video, mejor. Si no encuentras una, tendrás que pedirle a alguien que te tome una, pero adviértele que no te avise. Observa la foto, no te enfoques en el vestido, maquillaje, o peinado, ni siquiera en el estado de ánimo, sino en lo que inspiras. Si puedes, hazlo por escrito. ¿Qué ves o sientes? ¿Ves a una persona que está disfrutando?, ¿una persona que está permitiendo que su entorno la arrope de placer? O ves a una persona que aunque parece contenta porque está en medio de una fiesta, está preocupada o irradia cierta angustia, quizás de lo único que esta arropada es de estrés. Esta dinámica es más impactante de lo que aparenta. El tren de vida que llevamos, nos consume sin darnos cuenta.

Observaciones:

_____

_____

_____

_____

_____

_____

_____

_____

_____

_____

_____

_____

_____

_____

_____

_____

_____

_____

_____

_____

_____

_____

_____

_____

4 PREGÚNTATE

Otra forma de saber cuán sensual eres, es evaluando cómo te ven los otros. Vamos a ver estos escenarios. En todos, las protagonistas son chicas buenas, con buena reputación.

1) Luisa es una chica elegante, profesional y muy buena, sus amigas no tienen ningún problema en que sus respectivos novios / esposos compartan con ella. Incluso si tienen que darle un aventón en alguna ocasión para llevarla a su casa, dejan que lo hagan sin ellas estar presentes. Cuando las novias de los amigos de Luisa la conocen, inmediatamente confían en ella, y no ponen barreras para que ellos continúen con la amistad su amistad. De hecho ella almuerza con ellos de vez en cuando y hablan por teléfono, y nunca hay conflictos.

2) Luisa, Verónica y Mercedes son amigas de Carlos y Rodolfo desde

hace años. Frecuentemente coordinan estadías de dos o tres días. Un día Luisa estaba con ambos chicos, en la planificación y encontraron un hotel muy costoso. En broma dijeron que tendrían que compartir el cuarto. Para sorpresa de Luisa, Carlos aclaró: "Bueno, honestamente no tengo problemas en quedarme contigo y con Verónica, ustedes son como mis hermanitas, pero con Mercedes se me haría muy difícil, sería muy tentador". Rodolfo hace un gesto de que está de acuerdo. Luisa pregunta: "¿Te gusta Mercedes?". El responde: "No, a ella la quiero igual que a ustedes, pero es difícil verla como hermanita".

3) Luisa es muy amiga de Juan, y al pasar el tiempo siente algo por él, pero no lo demuestra. Juan le toma mucho cariño, la invita a cenar a su casa, la utiliza de confidente y hasta le dice que pase la noche en su apartamento, pero en el cuarto de los

huéspedes. Un amigo de Juan le pregunta: "¿Estás compartiendo mucho con Luisa, ¿te gusta?". El responde: "¡Claro que no! ¡Ella es como mi guía espiritual!"

Amiga, si frecuentemente te sucede lo mismo que a Luisa: las mujeres no te ven como competencia a pesar de ser bonita, exitosa, bien arreglada, etc.; y los hombres se sienten muy cómodos al estar a tu lado, tanto que pueden estar en un mismo cuarto sin sentir ninguna tentación, lamentablemente te informo que tienes escasez de sensualidad.

Termómetro de Sensualidad

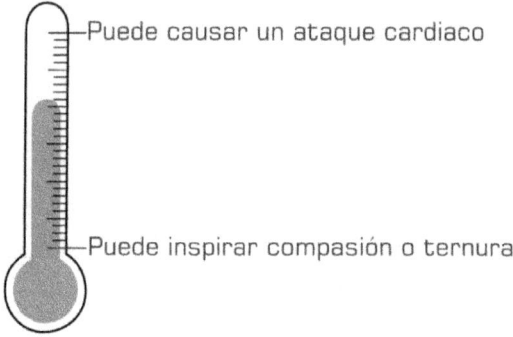

Esto no se trata de ser una buena persona o de la confianza que generas.

Para estos casos la naturaleza humana no mide valores morales o éticos, esto se trata de cuán dulce tentación eres.

Es posible que pienses: pero es que he visto chicas que se ven bien ingenuas, tontas y aburridas, no emanan sensualidad, pero son de las que atraen hombres con facilidad. Bueno, te cuento que eso es discutible. Hay muchas chicas que aparentan tener esas características, sin embargo, en ciertos momentos hacen o dicen cosas que despiertan la intriga de la otra parte. Tiene que haberte pasado que estás compartiendo con alguien de cualquier género, que parece ser una persona que no rompe ni un plato. No te interesa saber mucho de la persona, porque entiendes que no hay nada divertido que contar. De momento la persona dice algo que hace cambiar tu impresión drásticamente: hace un comentario de índole sexual, cuenta una travesura que hizo, te enteras que practica un deporte extremo o hace un gesto con picardía. Ahora ves a la persona como alguien pasional y empiezas a sentir curiosidad. Por eso a las chicas les gustan los chicos "malos", pero no por las implicaciones morales, sino porque se relaciona con vivir a lo extremo, saciar deseos y ser pasional. Son personas que claramente dejan saber que viven para sentir placer; esto los hace seres sensuales.

Otras preguntas que puedes hacerte:

1) Cuando vas a comprar ropa, ¿lo haces pensando en marcas, prestigio y moda? ¿Puedes comprar algo, aunque te quede incómodo, como unos zapatos apretados, con tal de estar en la onda? Esto es muy importante ya que las personas sensuales no compran por agradar a otros, si no a sí mismas. Su decisión está basada en cómo se sienten con cada una de las prendas y no en cómo las verán las demás.

2) Vas por la calle y un caballero te piropea, ¿Qué piensas? ¿Te incomoda? ¿Lo disfrutas? Una mujer sensual, aunque no lo demuestra disfruta con estos cumplidos, no se trata de

demostrar que te gustó, sino tomarlo como un regalo. La reacción de las mujeres no sensuales es juzgar al individuo: ¡Seguro que está casado, qué inmoral es!

Es curioso porque hemos evolucionado en muchas cosas, no somos conservadores como antes. Sin embargo, en este tema, ha sido lo contrario. Antes, que un hombre piropeara a una mujer era aceptable, ahora, las damas se molestan. Es naturaleza del hombre piropear, obviamente nos referimos a comentarios agradables, no vulgares, por lo tanto tienes que vivir el momento, y reconocer que te lo mereces.

3) Estás con un grupo de amistades, y alguien está contando su última aventura amorosa, ¿Cuál es tu reacción? ¿Te ríes y vives la historia, o estas juzgando al protagonista? **Una persona sensual no tiene tiempo para juzgar,** aunque lo que escuche sea algo que

vaya en contra de sus principios, prefiere escuchar y no emitir juicios. Claro, no estamos hablando de que apoyes una actividad criminal. Pero si la persona está contando que se besó debajo de un escritorio con su jefe, no permitas que eso te arruine el momento. Si la persona lo disfrutó, sé feliz por ella. Y, amiga si crees que la gente no se da cuenta de que estás haciendo un esfuerzo para no verte muy conservadora, te equivocas. Si algo tienen en contra las personas que son bien rígidas en su forma de evaluar las situaciones, es que sus gestos faciales las traicionan.

No es cuestión de renunciar a tus principios. Puedes ser muy conservadora para tus actos, pero muy liberal para escuchar y digerir información. Con toda probabilidad en algún momento alguien te haya juzgado, y sabes que para nada es agradable. No hagas lo mismo.

4) Estás en medio de un plan y como algo no salió según se había planeado, te molestas. Alguien no llegó o llegó tarde, cambió de ruta o de hora, o el objetivo inicial cambió. Si te molesta, que sea porque realmente te afecta de alguna forma u otra, no simplemente porque hubo un cambio. Si una persona llega tarde, aprovecha ese tiempo para meditar, leer o adelantar otra tarea. No gastes energía en la ira. Es difícil pero se puede. Quizás ocurran situaciones en las que humanamente es imposible no molestarse, pero lo importante es que sean más las ocasiones que decidas que la ira no te gane. La persona sensual aprovecha cualquier momento, hasta el de espera, para disfrutar de su entorno y complacer sus sentidos.

5) En lugares públicos te pasas con tu teléfono celular en la mano, y lo verificas de cada cinco minutos. Te informo que tu nivel de sensualidad está en negativo.

Usa el teléfono únicamente cuando sea necesario. Te aseguro que cualquier hombre se sentirá intrigado por una dama que no está atada a un aparato electrónico. Haz la prueba y verás qué rico es sentir todo lo que ocurre a tu alrededor.

¿Por qué es tan importante saber lo que proyectas? Simple, la sensualidad o pasión es algo que irradias de adentro. Un buen atuendo y maquillaje te pueden hacer sexy y bonita, pero no sensual. Si deseas ser un imán de atracción tienes que emanar sensualidad. Desafortunadamente este concepto ha sido muy desacreditado por la sociedad del mismo modo que la sexualidad, y hemos sido privados de estas maravillosas experiencias sensuales.

El estilo de vida que llevamos es nuestro peor enemigo. Siempre estamos ocupadas. Nos apresuramos a través del mundo con una lista de quehaceres que necesitan realizarse, comestibles que deben ser comprados, deudas que pagar, responsabilidades que requieren de nuestra atención y trabajo que debe ser completado. Gran parte de nuestro tiempo lo pasamos en modo de piloto automático, esperando un momento inespecífico en el futuro en el cual, finalmente, tengamos tiempo para hacer lo que nos hace felices. Qué trágico desperdicio del tiempo que podríamos utilizar viviendo la vida. Esto destruye nuestra sensualidad. Es por esto que debes tomar nota de todos tus sentidos y disfrutar de los estímulos cuando puedas. Todos disfrutamos de comidas deliciosas en buenos restaurantes. Pero, ¿por qué? Es la estimulación sensual, la forma en que los sabores se mezclan en nuestras lenguas, el agradable entorno social de las charlas y risas a nuestro alrededor, quizá la suave melodía de un piano de fondo o la fragancia étnica del platillo que el mesero coloca junto a nosotros. Esta atención a la estimulación sensual es también un componente primordial del romance.

Joan-Tomas dice:
"Es muy importante abrir nuestra sensualidad porque esto es quienes somos. Y a medida que el tiempo pasa, existe una tendencia, de muchas personas, a cerrar sus conexiones con su sensualidad y con su impulso vital. Sensualidad e impulso vital son casi sinónimos. Y deseamos ser capaces de comprender qué tanto estamos disfrutando la vida y si no lo estamos haciendo. Hay una gran posibilidad de que nuestra conciencia sensual esté cerrada. Así que animo a las personas a auto-examinarse y preguntarse a ellas mismas qué tanto disfrutan la vida. Si no la están disfrutando, quizá deban investigar cuánto están

sintiendo su entorno. Quizá su entorno no les está transmitiendo el deseo de querer conectarse. Esta es una pieza muy importante ya que si no tienen un entorno acogedor para sentir su impulso vital en términos de su hogar, su habitación, el lugar en el mundo del cual pertenecen, van a querer buscarlo, porque la sensualidad es vida y es su vida. Entonces, ¿por qué no aumentar el volumen de esto y convertirlo en lo que puede ser?"

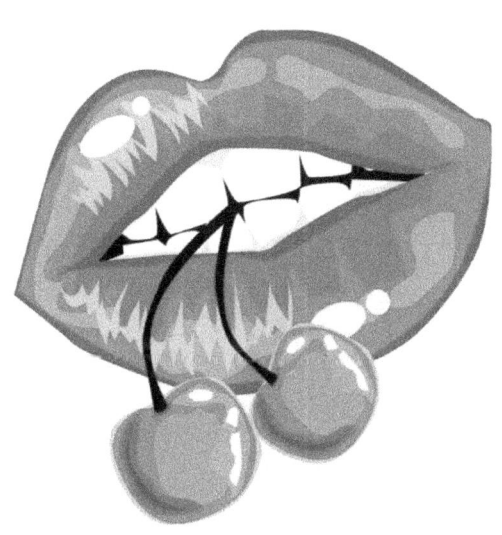

"Los placeres sensuales son como pompas de jabón, brillantes, efervescentes. Los placeres del intelecto son tranquilos, hermosos, sublimes, perdurables y nos elevan hacia las fronteras de un mundo no visto". – John H. Aughey

5 BARRERAS

Bueno, hasta ahora hemos mencionado varios escenarios y también aclarado lo importante que es ser sensual. Más adelante cubriremos cómo activar esa sensualidad para que irradie de nuestros poros. Pero antes, necesitamos cubrir qué conductas o comportamientos son anti-sensuales, ya que estas son las barreras que tenemos que derribar antes de todo. Esto es simple, somos seres sexuales, nos guste o no, es la cruda realidad. Cuando le gustamos a alguien locamente es porque logramos que esa persona nos desee desde lo más íntimo de su ser. Como ya he mencionado, la sensualidad es sentir placer constantemente por los cinco sentidos. El sexo es un placer, uno muy intenso. Por más bella y buena que seas, si no eres sensual, tampoco serás un vehículo de placer sexual. Punto. Tienes que vivir la vida como si estuvieses en un eterno éxtasis, sin recurrir a drogas por supuesto, valga la aclaración, si no el efecto es peor.

¿Cuáles son esos factores que te llevan a no ser sensual? Todos aquellos que te hagan lucir como **que no estás sintiendo placer**. La lista puede ser larga, pero podemos destacar las más comunes:

(1) Proyectar demasiada seriedad, alguien que se ve con cara de pocos amigos, no es alguien con quien quieras pasar una noche entera. ¡Cuidado! A lo mejor piensas que esta no te aplica porque tienes un buen humor, pero no te percatas cuánto estrés te hace ver seria.

(2) Siempre estar preocupada por todo, no te relajas hasta que todo esté perfecto, lo cual nunca ocurrirá. Rigidez y placer son antónimos.

(3) Eres muy conservadora o te ves demasiado buena, hasta la gente se cohíbe de decir comentarios sexuales frente a ti por respeto. Amiga, si esto te ocurre, estás en serios aprietos, tu nivel de sensualidad está en negativo. Es difícil imaginarse una noche de travesuras y pasión ardiente con alguien que parece una ovejita dócil.

(4) Eres bien negativa, te la pasas quejándote de todo, no agradeces nada, esto incluye baja autoestima.

(5) A lo mejor eres sensual, pero la timidez no deja que se refleje. Este es el típico caso de la chica que cuando se toma dos tragos de repente se le acercan muchos chicos. (6) Eres una aburrida, nada te gusta, no te atreves a los cambios, siempre estás con cara de aborrecimiento y la rutina es tu mejor amiga.

(7) Eres una materialista y/o superficial. Esta es mi favorita porque sé que hay muchas que han llegado hasta la número seis pensando que ninguna le aplica. Esto no se trata de ser mala persona. Lamentablemente cuando somos profesionales, independientes y devengamos "buena lana" nos premiamos con la adquisición de bienes. Eso está muy bien. Pero se vuelve una obsesión el comprar la cartera del mejor diseñador o los zapatos de última moda, aunque eso signifique estropear nuestros pies.

Olvidamos por completo lo que nos hacía sentir felices. Las conversaciones se vuelven frívolas, sin sentido, todo porque estamos en competencia, con otras personas o tal vez con nosotras mismas. Sentimos que ya lo hemos visto todo, y para que algo nos sorprenda, tiene que pasar por una dura prueba. Ahí vienen los típicos comentarios o gestos de: "ay por Dios, qué tontería", "que ridiculez", "eso no me da risa", "he visto cosas mejores que esas", "no puedo creer que eso te guste", "no puedo creer que te rías por esa bobería", etc.

La lista no termina. Si alguna de estas frases te parece familiar, bienvenida a bordo. No lo olvides, la persona sensual disfruta todo, desde lo más simple hasta la aventura más arriesgada, un pedazo de chocolate como una cena en el restaurante más caro, una conversación con el que la atendió en el estacionamiento como la compañía de su amado.

El camino hacia la sensualidad, desprográmate

Acabas de recibir un nuevo computador y una de las cosas que más emoción genera es encontrar que el disco duro se encuentra vacío; procedes a desempacar el disco con el sistema operativo e instalarlo, para luego ir personalizando cada aspecto. Más o menos así ocurre con los seres humanos. Nuestros padres nos reciben y comienzan a programarnos desde el primer día, así que eso que llamamos el libre albedrío está supeditado a los sistemas de creencias, la cultura y las costumbres bajo las cuales hemos sido programados por los agentes que se encargan de ello, madre y padre son el comienzo pero como ya hemos visto antes hay muchos otros actores que influyen.

Al asumir la necesidad de romper con algunos de nuestros paradigmas, con el fin único de ser más felices; debemos liberarnos de los viejos hábitos que nos incapacitan para sentir placer.

El primer paso para acceder a la

sensualidad como forma de relación con el mundo, es cuestionar todo lo que hacemos; desde lo más sencillo y cotidiano hasta las grandes decisiones que hemos tomado y las que tenemos a bien tomar en el presente. Todo con el fin de comprender cuáles son los elementos que nos componen culturalmente y del mismo modo cuáles son las barreras que a partir de nuestro comportamiento se han construido y que nos mantienen alejadas de la posibilidad de acceder a la satisfacción plena.

Después de cada acción que emprendas pregúntate por qué has actuado de determinada manera, seguramente te sorprenderás al darte cuenta de que casi ninguno de tus actos responde a un razonamiento consciente, son más bien el resultado de una serie de preconcepciones que han sido instaladas en nuestra mente por padres, maestros, etc. Debo decir que no todo en este sistema de programación es malo, lo importante es poder reconocer de dónde proviene.

Una vez que hemos finalizado este ejercicio debemos pasar a un plano un poco más delicado, nuestra relación con los otros. Esto quiere decir que debemos realizar un examen exhaustivo de nuestras reacciones, actitudes y juicios respecto a los actos de las otras personas, así como de sus personalidades.

¿Alguna vez has estado sentada frente a una persona cuya nacionalidad es diferente a la tuya? Quizás en el primer momento te parezca muy diferente a ti, su manera de hablar, vestir, comer y otras muchas cosas divergen de las que tú conoces; es posible que a propósito de estos elementos de diferenciación te coloques en la posición de establecer juicios de valor, la mayor parte de las veces negativos, sin que haya una razón real y profunda al respecto; incluso podrías reproducir discursos y posiciones que son impuestas por otras personas quienes a partir de un principio de poder o del falsa superioridad establecen formas de discriminación dirigidas a determinados grupos sociales, religiosos, étnicos, entre otras cosas.

A diario escuchamos sobre la lucha de los grupos minoritarios (inmigrantes, sexo-diversos, feministas, etc.) por la igualdad de derechos, si no participamos de esas batallas las apartamos de nuestras vidas, pero al ser confrontadas directamente sobre nuestra posición respecto a estos grupos simplemente escogemos alguna de las posiciones preestablecidas, no lo pensamos ni analizamos.

Una persona que ha despertado a su sensualidad disfruta de la divergencia, se enriquece de ella. Es decir, está en la capacidad de escuchar y aprender; mientras que las personas cerradas juzgan y generan conflictos.

Desprogramar tu mente implica cuestionar las valoraciones que impones sobre los otros, ya sea en nombre de su pertenencia a un grupo específico o por las pequeñas diferencias que tienen respecto a ti. Es además un proceso de revaloración de lo que consideras normal, pues este concepto es el cinturón que regula tu relación con el mundo y cuanto más cerrado sea más rígida será tu posición en cuanto a las diferencias y por ende menor la gama de experiencias que puedas disfrutar.

Los hábitos

Cuando hablamos de hábitos, hacemos referencia acciones que llevamos a cabo de manera rutinaria. Si bien el desarrollo de los hábitos permite que podamos ahorrar tiempo desde el punto de vista organizativo, también es un disipador del contacto con el entorno.

Fíjate lo que ocurre cuando recorres una calle desconocida, te vas fijando en cada uno de sus recovecos, miras los edificios, los comercios; prestas atención a la vegetación, percibes si es un lugar frío o cálido y vas desarrollando una opinión sobre él. Sin embargo, cuando vas a casa diariamente apenas y miras el camino por donde vas a pisar. Si ocurre algún cambio no lo notas pues has dejado de observar, de percibir tu entorno. Nuestra mente se va llenando de sus propios pensamientos, se va dejando envolver en sus procesos introspectivos.

Esta forma de actuar habitual, se transfiere también a las relaciones humanas, teniendo un impacto negativo sobre todo en las relaciones de pareja, pero es nefasto en cualquier aspecto de nuestras vidas.

Al comer siempre lo mismo, vestir de la misma manera, realizar las mismas actividades, estamos dejando que nuestra vida sea controlada por los hábitos de modo que vamos dejando de percibir toda la gama de olores, colores, sabores, sonidos y texturas que el mundo ofrece para nuestro deleite y por lo tanto disminuimos la calidad del placer que estamos en capacidad de sentir.

Sólo es necesario un pequeño esfuerzo para redescubrir la maravilla que es vivir, de manera que podamos disfrutar cada momento de nuestra existencia, bajo la conciencia de que el tiempo que pasa no vuelve.

Haz vacío

Una vez que hemos cumplido con el proceso de auto-cuestionamiento, podemos realizar un primer ejercicio orientado, ya no a demostrarnos las barreras que nos impiden avanzar, sino propiamente a desprogramarnos para abonar el camino al despertar de nuestra sensualidad.

Durante este ejercicio intentaremos poner nuestra mente en blanco. Como bien sabemos, la mente funciona permanentemente aún fuera de nuestra voluntad y siguiendo con la analogía con las computadoras, mientras no la estamos utilizando para un fin específico se inicia el protector de pantalla, que para nosotros no es sino un estado de divagación en el que la mente pasa de un pensamiento a otro de manera aleatoria.

Poner la mente en blanco es parte del proceso de reprogramación, ya que permite quebrar el flujo de información negativa, generadora de angustia y estados ansiosos.

Siéntate en el piso en la posición que consideres más cómoda. Respira profundo durante doce minutos mientras te concentras en el aire que entra y sale de tu cuerpo. No debes dar importancia a más nada que no sea la respiración y en ella debes poner toda tu atención.

Acto seguido debes dirigir tu concentración al hecho de que estás concentrada en nada, piensa sólo en ello como diciendo "no estoy concentrada en nada, nada más me molesta y no traigo a mi mente ningún tipo de pensamiento porque me enfoco en nada" Poco a poco despeja tu mente y trata de hacer desaparecer los pensamiento vinculados con no pensar.

Al cabo de unos minutos de esta práctica se genera en la mente un "vacío" que debemos mantener por algún tiempo. Cada vez que lo hagas estarás equilibrando las energías de tu mente, lo que te permitirá pensar de manera más eficiente.

Realiza este ejercicio dos o tres veces

por semana al comienzo, la práctica te llevará a alcanzar un nivel de profundidad mayor cada vez, de modo que no podrás sentir ningún tipo de sonido, ni estímulo exterior. Cuando se genera este vacío es como si estuviéramos produciendo un reinicio de nuestro sistema sensorial.

Reprogramación

Una vez que hemos identificado nuestras limitaciones y nos hemos desecho de hábitos negativos y hemos reiniciado nuestro sistema sensorial mediante la generación de vacío, es el momento para comenzar a instalar la nueva programación. Este es un proceso voluntario y debe estar guiado por un alto nivel de conciencia de lo que hacemos, debemos impedir a toda costa que nuestro sistema vuelva a llenarse con prejuicios e información que no ha sido generada por nuestra propia conciencia.

El despertar de la sensualidad sólo es posible si abres tu mente a las nuevas experiencias que vas a vivir, es mantener el juicio abierto sin adelantarte a lo que va a ocurrir, sin anclarte al pasado.

Comenzaremos por comprender cómo funcionan los sentidos, luego los ejercitaremos para hacerlos más sensibles a los estímulos.

Las sensaciones se producen cuando el cuerpo humano detecta la energía física del ambiente y la convierte en estímulos nerviosos que proveen información al cerebro. Mientras más información se genera a través de nuestro cuerpo, mayor es el trabajo de nuestro cerebro, por lo tanto el despertar de nuestra sensualidad conduce irrevocablemente al despertar de nuestra mente.

Nuestro cuerpo interactúa con el ambiente a través de los sentidos y funcionan de manera bidireccional, es decir que envían información al cerebro y también la reciben. De modo que una vez que se ha producido la sensación se gesta un proceso mediante el cual nuestro cerebro selecciona, organiza e interpreta esa información. A este proceso se le conoce como percepción.

Entonces, la representación mental del mundo se obtiene mediante sensaciones, mientras que la percepción es la interpretación secundaria de éstas en base a los recuerdos previos.

En la búsqueda del despertar comenzamos por ejercer estímulos que nos conduzcan a potenciar nuestras sensaciones, pero esto debe ser conducente a la producción de experiencias que permitan que la percepción de esas sensaciones sea positiva.

La sensación es de carácter ascendente, la percepción es descendente. La sensación se encuentra supeditada umbral absoluto, que es la estimulación mínima necesaria para detectar un estímulo. Este umbral absoluto varía con cada persona y depende de nuestra experiencia, fatiga, motivación, expectativa, entre otros. Por ejemplo, si el teléfono suena durante el día resulta natural para usted atender, aún bajo el desconocimiento del motivo de la llamada; sin embargo, si el teléfono suena en mitad de la noche desencadena una serie de reacciones sensoriales, mayoritariamente negativas, debido a que según nuestra experiencia este tipo de llamadas son para comunicar malas noticias.

Por su parte el umbral diferencial representa la unidad mínima de variación del estímulo para que el cuerpo pueda detectar que ha habido un cambio. Por ejemplo la elevación de la temperatura del agua mientras nos bañamos.

Todas las personas nos adaptamos a los estímulos con el paso del tiempo, es por ello que no notamos la textura de la ropa que llevamos puesta y al ser expuestos a un olor de manera prolongada también dejamos de percibirlo. Esto reporta algunos beneficios, pero cuando esta adaptación nos impide el goce de nuestra corporeidad y de todo aquello que la rodea deja de ser algo bueno.

Para que el despertar de nuestros sentidos se geste debemos propiciar el aumento de la respuesta de nuestro cuerpo ante determinados estímulos que se apliquen simultáneamente con otros que resulten opuestos a ellos.

Desarrollar la sensualidad es potenciar la habilidad de nuestro sistema sensorial de percibir cambios a través de nuestros sentidos, así como los efectos que estos generan en nosotros. Mientras nuestro cuerpo permanece dormido damos por sentados una gran cantidad de elementos que nos rodean. Comemos sin percibir más que los sabores predominantes de los alimentos, nos perdemos de los delicados matices que son resultado de la reacción química producida en las papilas gustativas por contacto de los ingredientes con la amilasa salivar.

Muchas personas no se dan cuenta de ello, pero alimentarse es un acto que debe llenar el estómago y satisfacer el gusto; lo contrario puede incluso disparar desórdenes alimenticios.

Mireille Giuliano, propone en su *best seller* "Las francesas nunca engordan", que algunos de los secretos para mantener el peso adecuado son: Comprar las hortalizas de temporada, cocinar los alimentos el mismo día que se van a consumir y sentarse a comer con la mesa puesta aún si estás sola. Todo esto con el fin de poder disfrutar de toda la gama de sensaciones que pueden provenir del acto de comer. Y te preguntarás cómo es que hacer esto puede ayudarme a adelgazar, la respuesta es muy simple, al disponerte a comer alimentos recién preparados, sentada y en un ambiente óptimo para ello, estableces una relación sensual con la comida cuyo disfrute te permite sentirte saciada y satisfecha. Esto no es más que lo que ya hemos dicho previamente, te llenarás la panza y la experiencia placentera, dará satisfacción a tu mente y tus sentidos.

Pero la acción de comer no es la única generadora de satisfacción, también lo son el olor de la hortaliza fresca, la calidad de la fruta de temporada, todo el imaginario alrededor de la selección de tus alimentos y el diseño del menú.

¿Tienes poco tiempo? Seguramente estás convencida de ello, aunque es muy probable que tu problema sea de organización y planificación, pero eso es tema para otro libro.

¿Cómo logramos potenciar nuestra percepción sensorial?

Para comenzar se deben abandonar el consumo de todo tipo de sustancias tóxicas o estimulantes, ya que estas interfieren con la calidad de nuestros sentidos. No es posible aprovechar al máximo nuestros sentidos si estos se ven distorsionado por el efecto del cigarrillo, el alcohol o cualquier otro elemento enajenante.

De antemano te digo que es falso que estando ebria el sexo es mejor. Si alguna vez has dicho o pensado esto, seguramente lo has hecho atribuyéndole a la desinhibición consecuencia del consumo de alcohol la capacidad de proveerte de mayor satisfacción. Pero la verdad es que el alcohol adormece los sentidos y el amor erótico puede disfrutarse mejor si estos están bien despiertos.

El primer paso es la toma de conciencia sobre lo que queremos y vamos a hacer. Has decidido reprogramarte lo cual implica la disposición mental, física y la utilización del tiempo para hacerlo. Comenzando por la piel que es el órgano más grande del cuerpo y el receptor de los estímulos táctiles.

Quienes tienen el sentido del tacto atrofiado no están dispuestos a dar caricias, tampoco a recibirlas. No pueden notar el efecto del sol sobre su piel, ni tampoco disfrutar de un abrazo. Movidas por valores demasiado cerrados respecto al cuerpo, las mujeres acumulan una importante cantidad de rechazo hacia los contactos físicos de ahí que se generen muchas dificultades para disfrutar del amor erótico y, como hemos dicho antes, se recurra al uso del alcohol para eliminar las barreras autoimpuestas. Es importante reflexionar sobre esto, pues al tomar la decisión de consumir una sustancia enajenante con el fin de alcanzar mayor cantidad de placer, se admite que existe una barrera que obstaculiza el alcance de este fin de manera natural. Pero en vez de trabajar sobre la resolución del conflicto en sí mismo, se recurre a instrumentos que anulan temporalmente los pensamientos y creencias que nos separan del placer.

El proceso de desprogramación debe surtir efecto sobre estos tabúes, recuerda que si te encuentras criticando o juzgando algo, debes detenerte a reflexionar de dónde proviene esa opinión, cuestionar si es realmente válida en términos de la realidad. Cuando hablamos de esto es inevitable reiterar sobre el tema de la sexualidad, debido a que es en este ámbito en donde la sensualidad se puede disfrutar en su máxima expresión y, aunque su deleite involucra todos los sentidos, el tacto es el gran protagonista.

Si sientes vergüenza de tocar a tu pareja, o de ser tocada de determinada manera estás atendiendo a barreras que están tan sólo en tu mente. Pensamientos de temor, inseguridad e incluso asco pueden apoderarse de ti en cualquier momento. Si bien todas las personas, incluidas nuestras parejas, deben respetar nuestra individualidad; también es cierto que las manifestaciones físicas de afecto son reconfortantes, agradables e incluso necesarias. Sentir rechazo por estas no es natural y es importante que cuando comencemos a trabajar sobre la reprogramación estemos dispuestas a abrirnos a tocar y ser tocadas.

Las primeras acciones a emprender para recuperar la sensibilidad de tacto deben llevarse a cabo mediante la manipulación de objetos con texturas opuestas, de manera que haya un buen contraste. Cierra los ojos, toca la corteza de una piña y luego hazlo con unas naranjas o frutas de piel lisa. Tómate el tiempo de sentir cada una con detenimiento, sus ondulaciones, su temperatura. También puedes cambiar la temperatura del agua cuando te bañas y utilizar jabones con texturas diferentes.

Al realizar cada ejercicio debemos situar toda nuestra atención en la parte de nuestro cuerpo que está en contacto con el objeto que estamos manipulando. Comúnmente se trata de la yema de nuestros dedos, pero recuerda que la piel cubre todo el cuerpo así que el ejercicio puede y debe aplicarse haciendo uso de todo el cuerpo, no es necesario que se haga de manera simultáneas, ni siquiera en el mismo momento, pero debe ser tomado en cuenta.

Progresivamente vamos disminuyendo la diferencia, en vez de trabajar con piñas y naranjas se puede hacer con melones y sandías, hasta alcanzar un punto en que la diferencia sea mínima. Para activar el sentido del gusto haremos lo mismo, tomando en cuenta que la boca no sólo está en capacidad de percibir sabores, sino también texturas y temperaturas. Por lo tanto, a pesar de que en este punto nuestro mayor interés sean lo sabores, no debes dejar de lado la capacidad táctil de la cavidad bucal.

Combina sabores dulces y salados, añade picante, toques ácidos, también agrios, etc. Comienza con un par de sabores contrastantes y luego ve aumentando. Comenzando siempre con los más intensos para luego ir disminuyendo. No te olvides de seguir el consejo de Mireille Giuliano, pon la mesa y siéntate a comer como si no hubiese otra cosa más importante que hacer en el mundo. Utiliza los alimentos para desarrollar también el sentido del olfato, recuerda que estos dos están bien ligados.

Cuando estés sirviendo los alimentos no tengas vergüenza échales una olfateada, ningún ser vivo ingiere un alimento sin antes consultarle a su olfato. Esto no sólo permite conocer si está en buen estado, también va preparando las papilas gustativas que se pondrán en estado de alerta y a la espera del bocado.

Al abrir una botella de champú, un medicamento, o simplemente al entrar a cualquier lugar inhala profundamente para que puedas descubrir la esencia, el aroma de cada cosa. Esto también se aplica a tu pareja. Al saludarle regala un abrazo y no dejes de inhalar su aroma, aún si lleva perfume con el tiempo podrás detectar su esencia natural.

Para ejercitar la vista, cierra los ojos y al abrirlos recorre el contorno de la pared frente a ti. Luego comienza a recorrerla internamente, describe cada una de las cosas que ves comenzando por los objetos más grandes, repite el ejercicio mirando la misma pared, tratando de conseguir un elemento nuevo cada vez. Luego de un tiempo cambia de pared, puede ser a una ventana o un paisaje.

La vista también nos permite captar el lenguaje corporal de las personas, muchas veces luego de que un suceso importante ocurre en torno a una persona, nos damos cuenta de que hubo señales claras de que algo ocurría y no fuimos capaces de detectarlas. El ojo humano es un lente infinito, que te permite captar detalles increíbles de lo que ocurre a tu alrededor. Evita ver el mundo a través del celular, utiliza los ojos.

El oído es un órgano delicado, suele ser maltratado por la contaminación ambiental, por la música a alto volumen y otros agentes como la juventud, sí como lo lees, la juventud es el momento de nuestras vidas en el que más nos exponemos a situaciones nefastas para nuestro sentido del oído y aunque es posible que al ir madurando dejemos de participar de ellas, la capacidad auditiva que se pierde no se recupera completamente. En consecuencia es necesario pasar por un periodo de neutralización del oído. Esto resulta un poco difícil, ya que no es posible apagar el oído como cerramos los ojos o la boca, tampoco es posible desconectar el planeta; pero sí tenemos la capacidad de producir un poco de aislamiento. Antes de comenzar a reprogramar tu oído tómate unos días libres de audífonos, limita las conversaciones telefónicas a unos pocos minutos, no escuches música a volumen alto, en la medida de lo posible trata de estar en silencio.

Una vez terminada la fase de neutralización es el momento de someterte a nuevos sonidos, a diferencia del resto de los sentidos no vas a comenzar por los más fuerte, porque de hecho eso es lo que ha nublado tu capacidad auditiva, vas a comenzar por lo sublime, por el sonido de música suave y rica de sonidos tenues, melodías que puedan transportarte al espacio sensorial. Te recomiendo la Rapsodia en azul de George Gershwin.

Al escuchar la música trata de detectar el origen de las armonías, los bajos y todos esos sonidos que están confluyendo para crear esa complejidad que escuchas. No significa que no vas a escuchar ritmos tropicales, por el contrario, los tendrás que escuchar como un segundo nivel de activación de tu percepción auditiva, pero aprende a disfrutarlo a un suave volumen, deja que sus vibraciones toque tu cuerpo, regálate un momento de sensibilidad y baila, sí baila. Bailar es relajante y además es una manera de poner de manifiesto tu sensualidad.

Para alcanzar la sensualidad se debe tomar conciencia sobre el presente, el ahora y comprender que vivir es disfrutar de una buena comida, pero también es todo el proceso previo y el posterior. Es decir, tanto el proceso de comprar lo que requerimos para preparar ese delicioso plato, hasta la limpieza de los trastes. Y te preguntarás ¿qué puede haber de placentero en lavar platos? Pues la sensación de dejar tu espacio limpio para poder disfrutar de él.

6 LIBÉRATE

Una vez que te has reprogramado, tu mente y tu cuerpo están alineados para recibir toda clase de información sensorial y decodificarla a favor de tus deseos, necesidades y expectativas. Sólo es necesario dar el siguiente paso: permitir que la sensualidad se ponga de manifiesto. Para que desarrolles tu sensualidad y poder de atracción de una vez y por todas, vamos a trabajar en cinco áreas: contacto visual, estimulo de los sentidos, vivir en el presente, apertura a lo sexual y cómo nos proyectamos.

Contacto Visual

La visión es un sentido, pero lo toco por separado porque es un arte importante y difícil de dominar. El Dr. Zick Rubin fue el primero en desarrollar una escala psicométrica para entender la importancia del contacto visual entre las parejas. Él se dio cuenta de que las parejas en las que ambos estaban enamorados el uno del otro, se dirigían muchas más miradas mientras hablaban que el resto de parejas. El Dr. Rubin llegó a esta teoría haciendo un experimento con varias parejas invitándolas a sentarse en una sala que tenía unas cámaras ocultas, y diciéndoles que interactuaran con su pareja. Notó que las parejas que mantuvieron un contacto visual más largo, o las que miraron por mucho más tiempo a su pareja, tenían mucha más química. Mientras que las parejas que no tenían una química tan fuerte, no dedicaron tanto tiempo en mirar al otro o les costaba mantener el contacto visual. Por lo tanto, se demostró que las personas que se aman de forma recíproca se miran a los ojos mucho más a menudo. Esto hizo que las chicas y mujeres vieran el papel tan importante que juegan los ojos a la hora de conquistar a un hombre.

Cómo hacer que un contacto visual sea tan profundo como para atraer a los hombres:

- Si quieres que él sepa cuáles son tus sentimientos hacia él, debes mirarlo directamente a los ojos. También será importante que hagas que tu mirada sea ardiente y cautivadora. El contacto visual juega un papel muy importante cuando se trata de atraer a un hombre, por eso intenta siempre maquillarlos de la forma más natural y elegante posible.

- No uses excesos o sofisticadas sombras de ojos, tan solo márcalos de forma sencilla. Esto será muy importante para que te sientas cómoda. Si te sientes cómoda, despertarás confianza, y la confianza es lo más importante para que alguien se sienta atraído a ti.

¿Cómo desarrollar la mirada para que sea cautivadora? La práctica hace la perfección.

Ejercicio 2:

Ve a un lugar público, con alto tráfico de personas. Puede ser una avenida principal o un centro comercial. Caminando harás contacto visual de dos a tres segundos con todo tipo de persona, pueden ser niños, adolescentes, adultos y ancianos de cualquier género, mínimo veinte personas. Muchas personas creen que este es un ejercicio simple y sin sentido, pero una vez comienzan a hacerlo se dan cuenta que es difícil establecer contacto visual sin sentir al menos un poco de nerviosismo.

Creemos que podemos mantener la mirada en los ojos de otra persona, y no es cierto. Toma nota de cómo te sentiste, a quién se te hizo más fácil mantener la mirada, algo en particular que te hizo sentir incómoda y cualquier otra anotación que entiendas sea relevante. Esto vas a practicarlo, mínimo una vez por semana, hasta que veas que la incomodidad desaparezca y lo hagas con mucha naturalidad. Una vez que esto suceda, vas al próximo ejercicio.

Observaciones:

_____

_____

_____

_____

_____

_____

_____

_____

_____

_____

_____

_____

_____

_____

_____

_____

_____

_____

_____

_____

_____

_____

_____

_____

_____

_____

_____

Ejercicio 3:

Vas hacer lo mismo que en el ejercicio anterior, pero esta vez sólo con personas cuyas características se compadezcan con lo que buscas en una pareja. Por ej. Si eres una chica de 30 años, que busca un hombre cercano a tu edad, harás contacto visual con hombres que aparentan entre 25 a 35 años y que tengan características que te atraigan. El único problema que tiene esta valiosa práctica es la seguridad. No queremos que envíes un mensaje equivocado y seas víctima de un psicópata. Mi recomendación es que lo hagas en un ambiente controlado. Por ejemplo, un comercio que no frecuentes mucho, y puedas hacerlo con empleados, ya que estos están cautivos y no te perseguirán. O puedes hacerlo en un lugar público si estás en grupo. Como es algo muy rápido ninguno de tus amigos se percatará que estás ejecutando una asignación.

Observaciones:

Ejercicio 4:

Lo que te pediré a continuación me atrevo a decir que es uno de los ejercicios más importantes, a pesar de que es más fácil de hacer que los anteriores. Lo puedes llevar a cabo en un lugar público, un gimnasio, en la universidad, en una sala de espera, fiesta, etc. Disimuladamente observarás a los hombres a tu alrededor, esta vez sin hacer contacto visual, puede ser a sus espaldas para que no se den cuenta de que los estás observando. Identifica en ellos características que te gusten: su espalda, manos, porte, cabello, pompis, pantorrillas, etc. Tienes que buscarle algo que te guste, lo observas, lo admiras y vas a imaginar que estas acariciando esa parte. Has escuchado el dicho: si quieres que te respeten, tienes que respetar a los demás. Pues amiga, si quieres gustarle a mucha gente, tienes que empezar tú a sentirte atraída por mucha gente. Si piensas en tus amigos, los que son sensuales, recordarás que ellos siempre están admirando a todo el que le pasa por el lado: "Oye, aquel gordito que va por ahí no se ve mal", "este chico es bajito, pero se ve interesante", "aquella señora tendrá sus añitos, pero se ve muy bien". La persona no sensual es todo lo contrario, primero no observa a la gente que pasa a su alrededor, y si ve a alguien que le puede gustar, su comentario es: "Ese hombre es guapo, pero no me gustan sus manos". Aclaro algo, no estoy diciendo que los sensuales salen con cualquiera, a lo mejor son igual de selectivos que tú, pero cuando se trata de admiración, cualquiera entra a su lista. Este ejercicio no tan solo te abre a nuevas experiencia sensoriales, si no que te acerca más a tu naturaleza femenina, liberando tabúes que están profundamente impregnados en tu ser. ¿Cuántas veces lo harás y por cuánto tiempo? Todas las veces que puedas. Desde la primera o segunda vez, te sentirás más atrevida y sensual.

Observaciones:

_____

_____

_____

_____

_____

_____

_____

_____

_____

_____

_____

_____

_____

_____

_____

_____

_____

_____

_____

_____

_____

_____

_____

_____

_____

_____

_____

Estimula tus sentidos

Siente placer por los entornos: Si quieres ser una persona sensual, tienes que estar cómoda en tu propia piel primero. Si no eres feliz con quién eres o la manera en la que luces, entonces será mucho más difícil liberarse y permitir que su cuerpo disfrute el mundo a su alrededor, ya sea que estés besando a tu pareja o tomando un baño de sol en la playa. Trabaja en la construcción de tu confianza y autoestima, y verás cómo experimentas más placer y disfrutas las cosas a tu alrededor. Busca maneras nuevas de conectarte con tus sentidos. Las personas sensuales siempre están buscando un poco más de la vida. No sólo tienes que intentar disfrutar las mismas cosas que has hecho, sino que debes encontrar maneras nuevas de usar tus sentidos y experimentar el mundo. Sal a caminar y detente a disfrutar de las plantas y de los animales, ve a una cata de vino con tu pareja o cocina un desayuno delicioso en vez de comerte tu barra de cereal. Piensa en algo que siempre hayas querido hacer, ya sea ciclismo de montaña o tomar fotos de rosas en un jardín hermoso en tu pueblo, o hacer un plan que realmente cumplas. Esto no significa que debes estresarse buscando miles de maneras de ser sensual. Esto significa que debes estar abierta a nuevas experiencias sensoriales.

Algunos consejos:

- Juega con tu cabello. Pasa más tiempo peinándote, acariciando tu cabello hacia atrás, pasando los dedos a través de él, o solo disfruta sintiendo tu cabello en tu cabeza. Cuando estés en la ducha, saca tiempo para masajear el champú y el acondicionador sobre tu cuero cabelludo, disfruta la sensación de tus dedos a lo largo de tus mechones. Esto te ayudará a conectarte con una de las partes más sorprendentes de tu cuerpo. Si tienes una pareja, juega con su cabello y añade un toque sensual a la relación.

- Pasa más tiempo en la ducha. Es correcto. Estar en la ducha no tiene que ser una carrera. Aunque es bueno ahorrar agua y ser cuidadoso con la naturaleza, enjabónate en una tina o simplemente pasa más tiempo enjabonando tu cuerpo y disfrutando la sensación de estar limpio y del agua corriendo a través de tu piel. Canta para ti misma si lo deseas. Disfruta la sensación de limpiarte en vez de tratar de correr con tu día lo más rápido posible.

- Usa loción. Busca una loción perfumada y masajea su cuerpo. Esto te ayudará a pasar más tiempo con tus sensaciones: tu sentido del tacto y su sentido del olfato. Tu piel se sentirá más suave y disfrutarás tocándola y sintiéndola durante todo el día. La loción no tiene que tener una fragancia extravagante, solo un poco de junípero o lila pueden hacerte sentir más feliz.

- Disfruta de las telas suaves. Usa una bata de seda. Pasa tiempo bajo tu sábana favorita. Consigue otra almohada que se sienta celestial bajo tu cabeza. Usa una chaqueta que te haga sentir como si estuvieses usando una almohada. Saca tiempo para disfrutar las sensaciones de una pieza de tela o ropa entre tus dedos o en tu cuerpo, y tendrás una experiencia más sensorial.

- Ve al mercado. Es el lugar perfecto para usar todos tus sentidos. Trata de probar todo lo que los comerciantes tienen para ofrecer. Siente el peso y la textura de diferentes frutas y vegetales que tengas en tus manos. Detente y siente el olor del cilantro fresco, el perejil, el eneldo y otros tipos hierbas que verás. Saca tiempo para disfrutar de una conversación con las personas que están vendiendo los productos y lleva a casa por lo menos algunas frutas y un ramo de flores. No tienes que ser una chef maestra para disfrutar esta experiencia sensorial y sensual.

- Disfruta de una deliciosa comida casera, puede despertar tus sentidos y hacerte sentir mucho más sensual durante el proceso de cocinar y comer. Tómate el tiempo de cocinar la comida, especialmente si estás con un amigo y disfrutade algo de vino en el proceso, puedes llevar la experiencia sensorial de la comida a un nivel nuevo.

- Ve a una cata de vino. Planea un viaje para catar vino con tu ser amado o con un grupo de amigos. La cata vinos no es solo un despertar sensorial perfecto, sino que, además, estar en una región vinícola es siempre una experiencia maravillosa, ya sea que estés en el Valle de Napa o en el Valle del Ródano, y despertarán tus sentidos del gusto, el olfato y la vista mientras te embarcas en esta increíble aventura.

- Escucha tu música favorita. Ya sea que te guste Julio Iglesias o Madonna, no hay nada malo en oír tu música favorita cada vez que quieras (siempre que no esté volviendo loca a la gente en el proceso). Despierta tus canciones favoritas, escúchalas cuando estés conduciendo, o haz una fiesta privada cuando estés cocinando para ti. También puedes visitar un club con tus amigos o ir a un concierto. La música despierta sentidos y hace que tu mente y cuerpo se sientan vivos.

- Conéctate con la naturaleza, ya sea que esto signifique hacer una caminata, caminar a lo largo de un bosque de secuoyas o simplemente acostarse en la playa, escuchando el sonido de las olas rompiendo contra la orilla. Haz de la naturaleza una parte importante de tu vida y no te arrepentirás. Cuanto más tiempo pases fuera, bajo la luz del sol, respirando el aire fresco y disfrutando el mundo natural, más sensual te sentirás. Además, estar rodeado de naturaleza te ayudará a aprender a vivir en el presente y a apreciar lo que tienes, que son partes claves para llegar a ser sensual.

Vivir en el presente

Sin lugar a dudas, la base para disfrutar de los placeres de la vida, es estar presente. Lamentablemente por el estilo de vida que llevamos, no podemos disfrutar de un buen café sin dejar de pensar en deudas, llamadas y mensajes por contestar, o en lo próximo que tengo que hacer en la agenda. Por eso, es importante trabajar con el ritmo de vida y la concentración para poder enfocarse en la tarea que te está dando placer en el momento, sin que vengan pensamientos que te causen estrés.

La Concentración Mental genera cambios vitales en la percepción sensual, y cuanto más uno avanza en el desarrollo de las habilidades de concentración, menor es la interferencia mental que nubla los sentidos. Básicamente, los sentidos se agudizan para percibir las cosas claramente, de manera pura y sin filtros mediante la opinión, la suposición, el juicio o a través de reacciones neurobiológicas ya existentes. Las cosas saben mejor, se sienten más ricas y aquellas cosas que **NO** son nuestra ventaja, también cambian para mostrarnos su verdadera naturaleza, permitiéndonos saber rápidamente cómo necesitan ser dirigidas, o los pensamientos y sentimientos propios del modo en que necesitan ser manejados, porque usualmente es nuestra propia actividad mental la que representa cosas desagradables que no deberían tener ningún efecto. Cuanto mejor sean las habilidades de concentración, más ordenada y exquisita será la experiencia de la rosa, el ocaso, y más uno percibe con mayor honestidad su propio ser y la REALIDAD de las personas cercanas. Empezamos a ver cómo las personas son en realidad, en vez de lo que DESEAMOS pensar sobre ellas. Esto puede ser incómodo, estremecedor, emocionante, sorprendente, decepcionante, liberador, puede traer gozo y sabiduría cada día, pero la persona que sigue este cambio, avanza por el camino que le acerca siempre a la verdad, al poder personal genuino de vivir libre, independiente y feliz.

Bajar ritmo: Si en realidad quieres ser sensual, entonces debes dejar de correr sin detenerte para respirar o disfrutar del arcoíris formado sobre las nubes. Hay una razón de por qué las personas dicen que deberías "detenerte y sentir la fragancia de la rosa". La vida puede pasarnos en un destello y es importante tomar el tiempo para reconocer el mundo a tu alrededor. Sal para el trabajo o para la escuela quince minutos antes, de modo que puedas ir despacio y notar el mundo que te rodea. Camina y mira a tu alrededor, en vez de enviar mensajes de texto o estar con tu teléfono. Si tu amigo se levanta para ir al baño en el bar, mira las personas interesantes a tu alrededor en vez de entrar en tu cuenta de Facebook. Verás la gran diferencia que esto hace en tu capacidad para conectarte con el mundo a tu alrededor. En parte puede ser difícil desacelerar, porque durante tu día está tan ocupado, es probable que no tengas ni un momento para respirar. Analiza qué puedes quitar para dejar algo de tiempo para solo disfrutar el mundo a tu alrededor.

Recalco, si quieres ser sensual, tienes que aprender a vivir en el presente y recibir cada día del modo que viene. No pases el día preocupada por algo que pasará en tres meses o arrepintiéndote de lo que dijiste la semana pasada. Simplemente no vale la pena y no cambiará nada. En vez de eso, disfruta del día en el que estás, mira a tu alrededor, respira un poco de aire fresco y disfruta incluso de conversaciones corrientes que puedas tener con tus compañeros de trabajo. Aprenda a vivir el momento y serás capaz de tener tiempo para experimentar el placer sensorial. Ya sea que estés tomando el autobús a casa o sentada en el trabajo, saca el tiempo para mirar a tu alrededor. ¿Cómo luce el clima? ¿Qué ves a través de la ventana? ¿Qué olores hay a tu alrededor? ¿Qué escuchas? ¿Cuántos detalles puedes escribir sobre el momento presente? Habitúate a preguntarte los detalles que pueden ayudarte a vivir en el presente.

Técnicas para estar presente: Una técnica que no falla es aprender a meditar. quizá sea uno de esos conceptos de tipo "nueva era" que son difíciles de comprender.

Los seres humanos tenemos la pulsión de degradar nuestra atención a través del chisme, las disputas y rumiando a lo largo de nuestro camino a la tumba. Con el fin de contrarrestarla casi todas las culturas han desarrollado medios de introspección que nos permiten reenfocar nuestra relación con el entorno, con la percepción que tenemos de lo que sucede a nuestro alrededor. Esto ha sido puesto en práctica por muchos hombres y mujeres a los largo de la historia, como respuesta a la valoración que de la capacidad que tiene cada individuo de ser feliz, lo cual puede resultar difícil aún si las circunstancias son las más favorables.

Si has comprendido lo que significa la sensualidad y cómo esta puede ser un elemento importante para el logro de una vida más satisfactoria, debes también comprender que aún si podemos percibir, observar, experimentar y sentir una buena cantidad de estímulos placenteros que van desde el olor del café, hasta la caricia de un bebé; la sensación de placer que estos generan no es de carácter permanente, está flotando en aguas en las que también flotan el aburrimiento y el desagrado. En consecuencia, tenemos pequeños momentos de bienestar, que es generado por un hecho específico pero cuya duración es limitada y al finalizar retornaremos a nuestro estado de tedio y por lo tanto iniciaremos una nueva búsqueda de formas de sentir placer.

Sin embargo, algunas personas han descubierto y aplicado los medios para impulsar un cambio a partir de fuentes más profundas de bienestar; lo que significaría un estado de sensualidad plena.

Buscar, encontrar, mantener y salvaguardar nuestro bienestar es la gran meta que todos queremos alcanzar; deseamos la mayor cantidad de placer y una vida lo más fácil posible. Pero aprender o lograr algo normalmente exige una importante carga de esfuerzo, sin embargo, hay personas que logran disfrutar esos procesos de lucha. Hay incluso dolores que llegan a convertirse en placenteros, tal es el caso del calor que se deriva del levantamiento de pesas que puede ser insoportable si se presenta como síntoma de una enfermedad terminal, mientras que si es asociado con bienestar y salud puede resultar muy placentero. Esto nos demuestra que el conocimiento y las emociones están profundamente relacionadas. La forma en que pensamos en una experiencia es determinante para la sensación que esta nos produce.

Cambiar el enfoque de nuestra relación con el mundo será, según lo que hemos leído previamente, el detonante de la posibilidad de tener una vida de bienestar trascendente, ese es el camino a la sensualidad, la comprensión de que es posible sentirse a gusto sin razón aparente, desvinculando la

sensación de placer de las
inhibiciones impuestas por los medios
sociales a través de los cuales hemos
sido moldeadas.

Ser

Cada individuo se identifica a sí mismo
de una manera determinada, a partir de
la auto-concepción de su "yo", el cual
es considerado por la mayoría de las
personas como una entidad interior
independiente, que se encuentra en
nuestro cerebro, observa a través de
los ojos y es la generadora de los
pensamientos.

Esto es un error, pues no es cierto que
seamos creadores de nuestros
pensamientos, esta es una visión tan
ilusoria como nuestro sentido del
control. Esto se evidencia en que es
casi imposible que podamos dejar de
pensar.

A diferencia del lenguaje que es
lineal, el pensamiento es superpuesto
y por lo tanto mientras intentamos
dejar de pensar, un montón de
pensamientos acuden a nuestra
consciencia sin ser llamados. Podemos
tener breves momentos en blanco, pero

esto sólo ocurre entre un pensamiento y otro. Tampoco estamos en capacidad de decidir categóricamente en qué pensar, los pensamientos vienen a nosotros en un orden que tampoco podemos escoger.

A partir de esta reflexión podemos decir que el "ser" no es una entidad individual o independiente; de hecho el cerebro, que es el productor de nuestro pensamiento, está compuesto por diferentes lóbulos, cada uno con características diferentes que aporta a nuestra personalidad.

Comúnmente las personas sobreestiman el control que ejercen sobre sus pensamientos, lo que tiene como consecuencia que le demos más poder del que realmente debería tener.

Un medio para alcanzar la sensualidad es la meditación, con ella lograremos no sólo tener consciencia de lo ilusoria que puede ser nuestra percepción del ser, sino que nos permitirá hacer de la información que deviene de este proceso algo aplicable a nuestras vidas.

La meditación coadyuva a mitigar el pensamiento discursivo y ponerle un cerco al sistema de fluctuación entre el placer y el dolor, de manera que podamos disfrutar de una mente sin perturbaciones.

La mente se mantiene en estado errático más del 50% del tiempo en que permanecemos despiertos, mientras esto ocurre se activa una parte del cerebro que nos genera ideas negativas sobre nosotros mismos, nos coloca en la posición de juzgarnos constantemente. Es la raíz de la conceptualización individual que hacemos del "yo". La meditación puede neutralizar esta parte del cerebro y con ello detener este tipo de pensamientos.

El fin último de la meditación es evitar que hagamos cosas que causen sufrimiento, dolor y confusión tanto a las personas que nos rodean, como a nosotros mismos. Esto se logra al poder reconocer que existe la posibilidad, a través de ella, de alcanzar un estado de bienestar mental y que, si por alguna razón, nuestro pensamiento fuese perturbado, recuperar este estado de satisfacción plena de manera rápida.

El camino hacia un estado mental de

imperturbabilidad es bastante largo, pero tendrá como resultado la perpetuación de la felicidad, pocas personas lo alcanzan, claro está; pero se debe ir sanando la mente progresivamente manteniendo una constante de mejoría permanente.

Otro consejo sería usar el concepto psicológico del "anclaje": Establece una alarma regular en tu reloj, o una liga elástica alrededor en tu muñeca que puedas estirar y soltar para así recordarte a ti y a tu cuerpo que tienen que mantenerse unidireccionales y presentes. Un consejo adicional sería que cada vez que comas una comida, cierres los ojos, No percibas únicamente el sabor de los alimentos, trata de disfrutar su calidez, su esencia. Identifica cada uno de los componentes del sabor y el aroma. Escucha el tintineo de los cubiertos, los sonidos de la vida fuera de tu apartamento.

Evita cualquier actividad que te cause ansiedad y pensamientos negativos, comenzando con escuchar noticias todas las mañanas. Levántate con música, nada de escuchar información negativa. Claro, quieres estar informada, pero hazlo en momentos en que estarás en tu casa por un periodo largo. Por ejemplo, al llegar a casa, después de un día terrible de trabajo, lee lo que tengas que leer, experimenta toda la ansiedad que produce ese tipo de noticia por unos minutos. 5,4,3,2,1... ¡Se acabó! A volver a tu vida de puro placer, olvida lo que acabas de leer, medita por 5-10 minutos y continúa con tu rutina.

Ejercicio 5:

Ve a un restaurante o café sola, guardarás tu teléfono móvil y te prometerás que no lo verificarás. Ordena, puede ser un simple café o una cena con varios platos. Haz contacto visual con los empleados y personas que pasen cerca de ti. Sonríele al mesero, háblale suave y pregunta lo que quieras saber del menú. Recuerda, no hay apuros. Escucha su voz, e identifica inmediatamente rasgos bonitos de él o ella. Disfrutar de observar el menú, tanto por sus fotos como por la textura, acentuará tu habilidad para sentir placer. Disfruta cuán suave es la mesa, la silla o la ropa que tengas puesta. Cuando llegue lo que pediste, saboréalo como si nadie te observara.

Observaciones:

_____

_____

_____

_____

_____

_____

_____

_____

_____

_____

_____

_____

_____

_____

_____

_____

_____

_____

_____

_____

_____

_____

_____

_____

Ejercicio 6:

Por siete días corridos vas a dejar tu teléfono móvil en otra habitación al momento de acostarte. Si lo usas como reloj despertador busca otro, aunque tengas que comprar uno económico o pedirlo prestado. Trata de estar cinco a diez minutos concentrada en tu respiración, no puedes pensar en nada más, solo en el ritmo de tu respiración, hasta quedar dormida. A medida que transcurren los días toma nota de cómo has dormido y cómo te has sentido durante el día. Te aseguro que seguirás dejándolo fuera de tu dormitorio.

Observaciones:

_____

_____

_____

_____

_____

_____

_____

_____

_____

_____

_____

_____

_____

_____

_____

_____

_____

_____

_____

_____

_____

_____

_____

_____

Apertura a lo sexual…

Este punto no aplica a todas las chicas, pero a las que sí, es uno bien importante. Nosotras las latinas, venimos de una crianza bien conservadora, aunque no lo aceptemos, hay muchas creencias bien impregnadas en nuestro ser. De todas las áreas que tocamos es la más difícil de trabajar. Como escritora no puedo pretender ni sugerir que cambies principios, pero sí la forma en cómo ves tu entorno. De hecho, confieso que soy del grupo que ve la relación sexual como algo exclusivo para parejas que se aman, no creo en el sexo casual. Así que si eres conservadora, puedes estar confiada en que te entiendo. Por otro lado, me encanta escuchar historias de chicas que no tienen ninguna inhibición, y jamás las juzgo. He tenido amigas que de solo mencionar la palabra sexo, se sienten ofendidas… Aquí el problema no son tus valores, sino tu reacción cuando escuchas una buena historia en grupo. La gente notará tu rigidez al tema, será como una barrera de acero que impedirá que vean tu sensualidad. La única forma de trabajar esto, es paso a paso y dependerá de cuán grave sea tu apatía al tema. Empieza a leer libros con un toque erótico, al igual que películas. Escucha programas de radio que toquen temas sexuales con picardía y humor, y oblígate a encontrar el lado humorístico. Esto te soltará un poco y estarás preparada para cuando alguien en grupo diga un comentario pasado de tono. Al ser algo tan delicado, solo me resta decirte que puedes acudir a un profesional del tema para que te ayude a trabajarlo. Y recuerda, no juzgues.

Cómo nos proyectamos

Reitero, mi intención no es que cambies tu personalidad, pero si vas en serio con esto de levantar pasiones, debes hacer pequeños ajustes. No consiste en ser otra persona, si no ser una mejor versión de ti. Existen varios asesinos de la sensualidad: seriedad, estrés, soberbia y ser aburrida. Para derribar estos enemigos debes poner en práctica lo siguiente:

Ser humilde es una de las mejores

características de calidad que una persona puede tener. Ser humilde es sexy. Cuando eres humilde, tu sentido del asombro se rejuvenece. Ya que nosotros como individuos sabemos muy poco sobre el mundo, sería de esperar que nos maravillásemos con más frecuencia de lo que usualmente hacemos. Los niños tienen este sentido del asombro y esto inspirala curiosidad, que los convierte en observadores hábiles y aprendices capaces. ¿Realmente sabes cómo funciona tu teléfono?, ¿podrías construir uno por ti mismo?, ¿qué tal tu auto?, ¿entiendes tu cerebro?, ¿una rosa? La necia actitud de "Yo lo he visto todo" nos hace sentir mucho más importantes de lo que en realidad somos. No te hace ver sexy en absoluto. Déjate maravillar y no solo serás humilde, también serás una persona atractiva y sensual. Tampoco se trata de no tener carácter. Puedes decir un NO rotundo cuando te piden algo, pero con amabilidad y una sonrisa. No flaquees, tu respuesta sigue siendo no, pero manteniendo la elegancia. Por otro lado puedes responder NO, de una forma bien grosera, pero luego flaqueas y cambias a un sí. En la primera mostraste carácter sin dejar de ser sensual; en la segunda mostraste falta de modales, nada de carácter y nunca floreció la sensualidad. ¡Tú eliges!

Practica la gentileza. La gentileza de espíritu es el camino seguro a la humildad. Practica "Aikido" siempre que te sea posible para afrontar conflictos: absorbe el veneno de los ataques de otros y conviértelo en algo positivo, tratando de entender la causa de la molestia ajena manteniendo una actitud de gentileza y respeto.

Estar relajada y dejar ir las expectativas es también un paso importante. La habilidad de hacer lo que tienes que hacer, sin poner demasiada carga o inquietud sobre el resultado de la misma. Preocuparse no solo no ayuda, sino que te distrae de brindarle al momento toda tu atención.

Acepta los cumplidos: Cuando recibas un cumplido, recuerda que sonreír dice mucho de ti sin que tengas que hablar nada en absoluto. Probablemente te lo has ganado, así que disfruta el momento bajo el foco. Así mismo, presta atención mientras recibes los cumplidos; si das una respuesta indiferente como "como sea", "no me importa" o "hmm", eso no es nada sexy. Un "gracias" expresivo es mucho mejor que un seco "Ajá".

Acepta y aprecia la diversidad: Volvemos al tema de juzgar. Cuando juzgas estás destruyendo toda tu sensualidad, ya que te ves soberbia, con estrés, tu cara "seriota" resurge como el ave Fénix, te verán poco divertida; en fin, la sensualidad desaparece por completo. Disfruta de ver que hay personas con un modo de vida distinto (siempre y cuando lo eligieran libremente), goza la diferencia de opiniones, escucha los argumentos para que aprendas datos nuevos, no solo te verás sensual si no que ganarás el respeto de la gente.

Lucir aburrida definitivamente es un mata-pasiones. Las personas que aparentan ser monótonas, muestran poco deseo de querer experimentar y sentir placeres nuevos, por lo tanto no saldrás registrada en el radar de la sensualidad. Todos tenemos alguien cercano que tiene miedo a correr en bicicleta, montarse en motora, que jamás estarían en una montaña rusa, o escalando una montaña; y, aunque se debe respetar la personalidad de cada quien, nadie puede negar que esas personas rayan lo ridículo. Ser arriesgada y aventurera será tu pase al éxito amoroso. Lo ideal para ello son los deportes extremos y las expediciones. Si de verdad eres muy cobarde y los deportes extremos no son una opción, no te preocupes, recurre a algo más liviano como aprender un nuevo baile y/o hacer de vez en cuando expediciones que envuelvan cierto riesgo que puedes tolerar. Si te comprometes contigo en ser una persona más atractiva, saldrás de tu zona de comodidad y harás cosas nuevas.

A continuación las diez características, según Paul Hudson, que diferencian a los aburridos de las personas interesantes.

1) La gente interesante promueve las conversaciones, los aburridos, las evitan. Los humanos se comunican principalmente a través de las palabras – así es como nuestra especie interactúa. Si tú eres una persona que al ir a una fiesta, permaneces callado en tu sitio, es que eres vergonzoso. Si es así, te estás perdiendo muchas oportunidades para relacionarte. Es posible que no te guste nadie de la fiesta porque no te parezcan una buena compañía, pero como se dice: "Hay que tener amigos hasta en el infierno". Quizá podría ser un potencial cliente o inversor en el futuro, o estar disponible para contactar con alguien que tú necesites. O tal vez tenga una hermana sexy con la que te gustaría tener una aventura. Las personas aburridas, por lo general, no son aburridos en su núcleo, por eso, quizá en un ambiente nuevo, sean introvertidos. No lo seas, hablar

con alguien nuevo no te matará.

2) La gente aburrida es aquella que disfruta mucho la comodidad. Todos tenemos una zona cómoda, pero no todos decidimos quedarnos dentro de sus límites. En mi opinión, una zona cómoda, solo sirve para una cosa: Aprender a cómo salir de ella. Ya sabes cómo te sientes dentro de una zona cómoda y segura, ahora es hora de hacer totalmente lo contrario para dejar de ser tan aburrido.

3) La gente interesante tiene diversos hobbies, la gente aburrida, tan solo tienen uno. Ser interesante incluye más que simplemente tener algo con lo que disfrutas o hablar de ello. Si tú tienes un pasatiempo –especialmente si es uno que no mucha gente comparte–, entonces las personas te encontrarán aburrido. Es genial que tengas algo por lo que sientes pasión, pero si te preocupa ser aburrido, tendrás que intentar diversificar y encontrar dos o más pasatiempos

que hagan despertar interés en ti.

4) La gente interesante está bien informada. Ser visto como alguien interesante gira en torno a mantener conversaciones atrayentes. Cuanto más tengas de lo que hablar, mejor. Claro, esto no significa que empieces una conversación con alguien y saltes de un tema a otro para mostrar tus conocimientos. Pero tener mucho de lo que hablar te dará la oportunidad de mantener buenas conversaciones. Te ayudará estar al día de la cultura popular.

5) La gente aburrida se queda quieta, la interesante, explora. Una cosa es parecer aburrido, y otra muy diferente, es serlo. Esto incluye abandonar tu zona de confort. Si quieres ser interesante, necesitas hacer cosas nuevas. Necesitas explorar el mundo, bien sea el que hay a tu alrededor como el que hay a 16 horas de vuelo. ¡Sal y explora!

6) La gente interesante está hambrienta por la vida, la gente aburrida, se conforma con una cena congelada. Variedad, variedad, variedad – la vida tiene una mezcla heterogénea que ofrecernos, y tú, siempre te apegas a lo que es, digamos aburrido. Deja de comer la misma comida, de salir con la misma gente y de ir a los mismos lugares. Hacer siempre las mismas cosas aburridas, te garantizará tener una vida aburrida que rechaza los cambios.

7) Haz cambios para tener una vida excitante. Si quieres tener una vida interesante y excitante, entonces haz cambios. El medio a los cambios es lo que hace que nos estanquemos y que personas que tienen mucho potencial parezcan aburridas. Sino disfrutas de los cambios, no solo no tendrás éxito, sino que te faltará alegría en tu vida.

8) La gente interesante impulsa a las personas, las aburridas son

impulsadas. Averigua qué es lo que quieres y planea una forma de conseguirlo. Hacer lo que los demás quieren siendo complaciente, es patético y aburrido, así como lo es conformarse con las sobras de otros. No dejes que los demás decidan por ti. ¡Defiéndete!

9) Las personas interesantes son soñadores, los aburridos, complicados. Si no sueñas, entonces no podrás hacer tus sueños realidad. Nuestra mente puede ser nuestro patio de juegos más interesante, siempre y cuando pasemos tiempo suficiente centrándonos en aquello que se presenta entre los columpios y areneros. Imagina lo que quieres y lo que quieres hacer en tu futuro. Imagina tu vida de la manera en la que te gustaría vivirla y céntrate en eso a cada momento. Después tendrás que trabajar para conseguir ese sueño.

10) Tener una vida interesante es

más fácil si realmente lo deseas. Lo más importante, más que cualquier otra cosa, es desear con todas tus fuerzas tener una vida interesante y excitante. Tienes que querer experimentar nuevas experiencias y llegar a comprender de forma mucho más completa y profunda cómo otras personas ven el mundo. Tienes que querer tener una mente abierta. El mundo es un lugar excitante, ¡déjate llevar!

Ejercicio 7:

Después de llevar varios días practicando tu vida repleta de sensualidad, pon en práctica lo aprendido. Por términos de seguridad, debes hacerlo en un lugar controlado, como lo es un comercio que venda mercancía que te guste. Tú sabrás donde te podrás sentir a gusto por treinta minutos. En mi caso me encantan la ropa y los accesorios. Otras prefieren comida o artículos del hogar. Emplea varios minutos disfrutando del ambiente, lee las etiquetas de los productos, si hay alguno que se puede probar, hazlo, y siente la textura de productos que se caractericen por ser suaves. Cuando hayas complacido tus sentidos, dirígete a un empleado, con un paso suave. ¡No hay apuro! Háblale de lo que quieras, pero háblale suave y dulcemente. Recuerda que estás feliz porque eres un ser que siempre está sintiendo placer. Disfruta la corta conversación, sonríe, atrévete a mirarlo coquetamente y finalmente hazle un cumplido. De ahora en adelante harás lo mismo con todas las personas que puedas, pero puedes obviar lo de mirar coquetamente. Lo que queremos pulir es tu habilidad natural de disfrutar una conversación con cualquiera.

Observaciones:

_____

_____

_____

_____

_____

_____

_____

_____

_____

_____

_____

_____

_____

_____

_____

_____

_____

_____

_____

_____

_____

_____

_____

_____

_____

_____

_____

¿Por qué es importante hacer estos ejercicios con extraños? ¿Por qué muchos de los consejos son en mi diario vivir y no cuando estoy frente al chico que me gusta? Simple, porque la sensualidad es algo absoluto. O eres o no eres sensual. Puedes ser sexy y coqueta cuando decidas serlo, según la ocasión, pero no sucede así con la sensualidad. El momento en que encuentres ese botón, y lo enciendas, no hay vuelta atrás.

7 RECUERDA

- Deja de preocuparte por los problemas, ocúpate de ellos cuando llegue el momento.

- Concéntrate en el presente y disfruta el momento.

- Mima tus sentidos con placer, ¡siempre!

- Sé humilde 24/7

- No te apegues a lo material, disfruta sus beneficios.

- Identifica tus tabúes y derríbalos.

- No juzgues. Respeta. Acepta. Aprecia.
- Baja el ritmo. Relájate. ¡No hay apuros!
- Medita, medita, medita…
- Asómbrate de lo más simple.
- Acepta y haz cumplidos.
- Mira la sexualidad con naturalidad.
- Sé amable, siempre.
- Comienza nuevas aventuras.
- Reduce tu dependencia al móvil.
- De vez en cuando haz un comentario pícaro.
- Pon a prueba gestos y miradas con coquetería.
- Mira a tu pareja con ganas de devorarlo.
- Cuida tu salud y duerme bien.
- Ámate, agradece y disfrutas cómo eres.

Notas:

Notas:

PERLA GIZEM